LE PROCÈS

DE

LA REINE D'ANGLETERRE.

DE L'IMPRIMERIE DE FAIN, RUE RACINE.

LE PROCÈS

DE

LA REINE D'ANGLETERRE,

RACONTÉ

PAR JÉROME LÉVEILLÉ,

FORT DE LA HALLE A PARIS.

POT-POURRI.

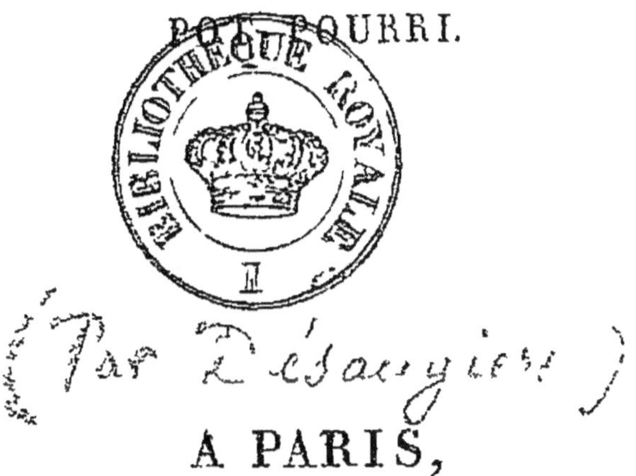

(Par Désaugiers)

A PARIS,

CHEZ CADET BUTTEUX, A LA HALLE,

ET CHEZ TOUS LES MARCHANDS DE NOUVEAUTÉS
DE L'EUROPE.

1820.

LE PROCÈS

DE

LA REINE D'ANGLETERRE.

Depuis le jour oùsque Cadet,
En contant à ma parsonnière,
Me fit une queue sur l'toupet,
L'sommeil avait fui d'ma paupière ;
Désolé d'êtr' du régiment
Qui porte un uniforme jaune,
Je m'lamentais à tout moment,
Quand j'lis dans l'journal, heureus'ment,
Qu'j'ous un compagnon (*bis*) sur le trône.

Air : *Cocu, cocu, mon père.*

Ce glorieux confrère,
C'est le roi d'Angleterre,
Tout l'monde est convaincu
Qu'un courrier l'a fait cocu.
Y a mieux : c'est qu'on ajoute
Qu'lui qui n'veut pas qu'on doute
De c'grand événement,
A dit à son parlement :
Cocu ! cocu ! J'espère
Que le roi d'Angleterre
Verra punir l'affront
Que l'on a fait à son front.

Air : *Des pendus.*

A ces mots, chaqu'pair stupéfait,
Dit soudain : *Goddam !* quel forfait !

Que celle qui l'a commis tremble !

L'roi cocu ! Qui se r'semble s'assemble ;

Assemblons-nous donc à l'effet

D'savoir comment la rein' l'a fait.

Air : Au clair de la lune.

Quand la reine arrive,

Et qu'elle apprend c'ci,

All' dit faut qu'j'écrive

A m'sieur mon mari.

Je m'donn'rai d'la peine,

Mais, n'y a pas d'bon Dieu,

J's'rai catin z'ou reine,

Il n'y a pas d'milieu.

Air : Silence ! silence ! silence !

L'bâtiment est à peine à l'ancre,

Qu'la princesse écrit, d'la bonne encre,

Un'lettre d'plus d'quatr'pag', ma foi,

Oùsqu'all' commenc' par dire au roi :

Air : N'y a que Paris, N'y a que Paris.

L'jour de nos noc's, tout l'mond' sait ça,
Vous étiez ivre de tendresse;
Mais, hélas! depuis ce jour-là
J'ai vu, souvenir qui me blesse!
Que vous deveniez, ô mon roi,
Chaqu'soir plus saoul, plus saoul de moi. (*ter.*)

Air : Votre fortune est faite.

Un princ' qui règne en Angleterre
Doit-il écouter les cancans;
Obtiendrez-vous d'mon adultère
Des témoignages convaincans?
Qui vous dira,
Vous prouvera
Que dans tel lieu j'ai fait ci, j'ai fait ça?
Au nom d'tous deux,
Ouvrez les yeux

Sur ce procès ignoble et scandaleux ;
Il n'produira rien d'bon en somme :
N'tentez pas c'ridicule essai ;
Je suis honnêt' femme , aussi vrai
Qu'vous êtes un grand homme.

Air : L'amour ainsi qu'la nature.

L' roi répond, c'est des bêtises ;
Faut qu'on connaiss' vos sottises,
Et que le fameux sac vert
D'vant tout l'monde soit ouvert.
A la guerr' c'est trop sans doute
Que l'on m'ait battu souvent ;
Je n'prétends pas qu'on ajoute
Que j'suis cocu zet content.

Air : Jeunes filles, jeunes garçons, *ou de La Nature.*

Le jour où l'parlement s'ouvrit,
Dans la cité quelle cohue !　　　　　(*bis*)
Mais l'plus amusant c'est qu'on hue
L'vainqueur d'Mont-Saint-Jean, à c'qu'y dit.
La chambre est si peu large ,
Qu'on s'fourr' dans tous les coins ;
Les femm's voudraient au moins
Entrevoir les témoins
A décharge.

Air : A la façon de Barbari mon ami.

On fait silence et dans l'instant,
Sans qu'la rein' soit honteuse ,
On lit des chos's qui f'raient pourtant
Croir' qu'c'est un' bambocheuse.

S'il est certain qu'en tous pays,

Tromper les maris,

Fut toujours permis ;

C'lui-ci ne l'fut pas à demi

Biribi,

De la façon de Bergami

Mon ami.

AIR . Du Vaudeville de Partie carrée.

Ce Bergami s'trouvait près d'la voiture,

Lorsqu'à Milan la princess' voyageait ;

All' l'examine , et voyant sa carrure,

C'garçon , dit-ell', peut remplir mon objet :

Que je le mette ou devant ou derrière ,

Il est solide, et je voudrais enfin

Courir la poste une nuit toute entière,

Qu'il n'rest'rait pas en ch'min.

Air : Il me faudra quitter l'empire.

On pense bien que l'pauvre diable,
Qui d'la fortune avait été le jouet,
Quand il se vit dans ce poste honorable ,
Fit joliment claquer son fouet.   (bis)
Avec la rein', dans son orgueil extrême,
Il prend d'abord certaine liberté ;
Bientôt après, ô crime détesté !
Le polisson ne respecta pas même.
Le sanctuair' d'la légitimité.

Air : De Calpigi.

C'est du moins c'que dis'nt les ministres,
Qu'on voit avec leurs fac's sinistres ,
Interroger chaque témoin
Qu'ils ont fait venir d'assez loin.   (bis)
Mais sitôt qu'on les interpelle,
D'ces témoins la mémoir' chancelle ;
L'seul point qu'aucun n'ait oublié,
C'est qu'il doit être bien payé.

Air : De la Soirée Orageuse.

C'qui fit naître l'premier cancan,
C'est lorsque l'on vit la donzelle,
D'un laquais faire un chambellan :
Comm' si c'était un' chos' nouvelle.
D'Bergami, les ordres brillans,
De tous ces débats sont la cause ;
Comm' si les croix et les rubans
Prouvaient aujourd'hui quelque chose.

Air : De la Catacoua.

On poursuit l'interrogatoire
Des témoins qui, ben gravement,
Découvrent à tout l'mond' l'histoire
De la reine et de son amant.
N'craignez pas que l'parlement rie ;
Par les lords,
Les nobles mylords,

. Des cuisiniers,

Des palfreniers,

Des postillons

Sont pressés de questions ;

Ceux surtout qui vienn'nt d'Italie,

On les r'tourn' de tout' les façons.

Air : Ma commère quand je danse.

L'un d'eux prétend qu'à la danse

N'y a pas d'Turc qu'all'ne lass'rait ;

Et que pour la contredanse

L'courier était ben son fait.

D'après c'témoin il paraîtrait

Qu'avec un' rein' quand on danse

Faut être ferme... du jarret.

Air : Nous nous marierons dimanche.

C'est d'la farc', *goddam !*

Dit monsieur Brougham,

Qu'est l'défenseur d'l'innocence ;

Quand la rein' dans'rait

Ça prouv'-t-il qu'alle ait

Commis la grosse indécence ?

D'un tel cancan

Un' rein' se scan-

dalise ;

Personn' n'y a

Vu faire la

sottise.

Sûre de son fait

Alle a du toupet,

Et c'est là c'qui vous défrise.

Air : Mes chers amis, pourriez-vous m'enseigner..

Malgré l'sac vert

On n'a rien découvert :

Dans quel embarras l'roi se trouve !

Que Bergami

Sur le dos ait dormi,

Encor' un' fois qu'est-c'que ça prouve ?

C' n'est là que des rébus
Qu'on a pour du quibus ;
Si les témoins n'ont vu que ces vétilles,
Laissant des débats superflus,
L' procureur-général n'a plus
Qu'à prendre son sac et ses quilles.

Air . Contentons-nous d'une seule bouteille.

De c'procès-là je n'puis m'empêcher d'rire :
Soyons cocus puisque c'est notre lot ;
Je me souviens d'avoir entendu dire
Qu'en pareil cas le bruit est pour le sot.
Comm' roturier, sans dout', je n'suis qu'un' bête ;
Et ce grand roi pense probablement
Quand il aura des cornes sur la tête
Que sa couronn' tiendra plus solidement.

FIN.